Tu seras pirate, mon fils !

La collection Cannelle est dirigée par Jean-Luc Luciani

À Paul,
celui qui est parti
et celui qui vient d'arriver
A.H.

I / 2009 - www.editions-rougesafran.fr
ISBN : 978-2-913647-64-0 - ISSN : 1764-9889
"Loi n° 49-956 du 16 juillet 1949 sur les publications destinées à la jeunesse"

TU SERAS PIRATE, MON FILS !

Roman
ANNELISE HEURTIER

Illustrations
STÉPHANE NICOLET

rouge SAFRAN

I. ENFIN, UN FILS !

QUAND, APRÈS SEIZE FILLES, sa femme Adelphane donna enfin naissance à un garçon, Archibald le pirate tomba raide inanimé sur le pont du bateau, foudroyé de bonheur. Après tant d'années, il avait enfin un fiston, un héritier qui reprendrait l'affaire ! Car chez Archibald, la piraterie se transmettait de père en fils depuis des générations et il n'était pas du tout, du tout question que cela s'arrête. En tout cas, Archibald ne voulait pas en porter la responsabilité. Il avait bien trop peur que son nom soit ridiculisé à tout jamais, ou pire, que les fantômes de ses ancêtres viennent tourmenter ses nuits en le lui reprochant !

Le choix du prénom fut une opération délicate qui occupa Archibald pendant deux jours entiers. Enfin, après s'être plongé dans une lecture très appliquée de tous ses ouvrages de l'histoire de la grande piraterie, après avoir tarabusté et re-tarabusté sa femme, ses filles et l'équipage au grand complet, il proposa que le nouveau-né fût prénommé Flibuste.

Les heureux parents décidèrent que la naissance de leur enfant devait être célébrée dignement. Aussi, sous la direction d'un Archibald surexcité, tout le monde fut mis à contribution pour que la fête soit à la hauteur de l'événement… c'est-à-dire grandiose.

D'abord, il fallut mettre les bouchées doubles pour piller deux fois plus de bateaux afin que le cuisinier puisse préparer un banquet qu'Archibald voulait sensationnel. Soit dit en passant, ce ne fut pas très facile, car Archibald, en plein dans sa période "chocolat", tenait absolument à ce qu'il y en ait pour le dessert, ce qui obligea le navire à faire route jusqu'au Mexique et à dépouiller vingt-quatre bateaux, tant cette épice était rare et précieuse.

À chaque nouvel espoir déçu, Archibald pestait contre le capitaine du navire détroussé :

– Nom d'un pou de baleine, qu'est-ce que c'est que cette manie de transporter des salsifis ? Du chocolat, j'vous dis !

De plus, pendant une semaine, l'équipage n'eut droit qu'à des pommes de terres bouillies, Archibald ayant décidé de garder tout le reste pour la fête qui serait donnée en l'honneur de son héritier :

– Oh, ça va, ça va, arrêtez un peu de vous plaindre, bande de pêcheurs de sardines ! Les pommes de terre, c'est fameux ! Allez, qui en r'veut ?

Enfin, les seize filles d'Archibald mirent toute leur ardeur à décorer le bateau avec des lampions et des guirlandes dénichées dans la cale d'un bateau espagnol. L'effet fut très réussi et l'on se félicita du résultat : foi de pirate, l'arrivée de Flibuste serait célébrée comme il se doit !

Deux semaines plus tard, tous les pirates amis de la famille furent conviés sur le bateau pour une fête de tous les diables. On dansa et trinqua à la santé du bébé qui gazouillait gentiment dans son berceau mais qui, selon Archibald, avait déjà tout d'un fameux pirate. Dans ce petit mouvement de bras, ne voyait-on pas déjà le maniement de l'épée ? Dans ce clignement d'œil, le regard assuré du capitaine corsaire ? Fier comme un coq, il obligea tous les invités à défiler devant le nouveau-né, rien que pour se faire confirmer ses impressions (ce que tout le monde fit pour lui faire plaisir… et aussi pour éviter de se prendre un coup sur le nez).

Filets de requin et de saumon grillés, civet de dodo* aux piments, mouettes rôties au miel, tomates confites, vins d'Italie, rhum des Îles et gâteau au chocolat : grâce aux efforts de tous, le banquet fut copieux, varié et bien arrosé. La soirée fut mémorable et rien ne vint gâcher le bonheur de l'heureux papa (même après s'être flambé la moitié de la moustache en essayant de tirer des feux d'artifice récupérés sur un bateau chinois).

Sur le coup des trois heures du matin, Archibald était complètement pompette. Grimpant sur un tabouret, il prit son air le plus sérieux (ce qui était difficile, avec sa moitié de moustache roussie et ses habits tout chiffonnés) et décréta, juste avant de se casser la figure :

– Parole de corsaire, retenez bien son prénom, car mon Flibuste deviendra le plus grand pirate de tous les temps !

*Oiseau de l'océan Indien qui a aujourd'hui disparu. Particulièrement stupide, le dodo a été exterminé au XVIIIe siècle parce qu'il ne s'enfuyait pas devant les hommes qui le chassaient.

HERCULES
LYRA
URSA MAJOR
RHOM
TREASURE ISLAND

2. Leçons de piraterie

Pendant les dix-huit années qui suivirent, Archibald s'efforça donc d'apprendre les ficelles du métier à son rejeton.

Car si son destin était de devenir le père du plus célèbre et du plus redouté des pirates du monde entier, il n'était pas question de lambiner : tous les secrets de la grande piraterie devaient être transmis à son petit !

Il s'agissait d'abord de lui donner l'allure d'un filou, d'un bandit des mers, d'un détrousseur de navires. Et selon Archibald, il n'était jamais trop tôt pour apprendre à devenir un vrai pirate ! Ainsi, le petit Flibuste n'était pas encore sorti de son berceau qu'Archibald lui avait déjà collé un anneau d'or à chacune des oreilles et un bandeau noir sur l'œil droit. Ou sur l'œil gauche. De toute façon, ça n'avait pas d'importance, c'était juste une question de style (car, bien entendu, aucun pirate n'attendait jamais d'avoir perdu un œil pour porter un bandeau).

Dès le plus jeune âge, Archibald l'entraîna à rire comme un corsaire, très fort et la bouche grande ouverte.

– Flibuste, nom d'un pirate de carnaval, ouvre plus grand la bouche, on ne voit pas toutes tes dents !

Il lui apprit aussi à marcher avec une jambe de bois : selon Archibald, c'était très chic, pour un pirate, et il espérait secrètement que son fiston en aurait une un jour, une vraie !

Pour son cinquième anniversaire, il lui offrit un

perroquet, un superbe volatile turquoise, rouge et vert qui possédait déjà un sacré vocabulaire de corsaire.

Flibuste dut aussi s'exercer à dessiner et à coudre de belles têtes de mort sur les drapeaux, à hurler “À l'abordage !” ou “Vos cargaisons, et que ça saute !” en n'importe quelle langue, à se balancer au bout d'une corde pour accoster avec classe et légèreté et à nager aussi rapidement qu'un espadon, même avec de grandes bottes aux pieds.

Archibald lui apprit également à naviguer avec n'importe quel bateau, sur toutes les mers et quel que soit le temps. Il lui expliqua comment éviter les courants dangereux, sentir la venue des tempêtes ou prévoir le sens du vent. Il lui apprit à utiliser la boussole, le sextant ou l'astrolabe, mais aussi à s'orienter simplement, grâce aux étoiles.

Il lui enseigna l'art et la manière de diriger un équipage : comment faire en sorte que ses hommes restent loyaux et fidèles, comment calmer les esprits en cas de famine à bord ou remotiver les cœurs lorsque le sort se montrait trop dur avec l'équipage. Il lui prodigua mille conseils pour organiser au mieux la vie sur le navire, afin que chaque tâche soit effectuée en temps et en heure, pour qu'à tout instant du jour et de la nuit, ses hommes sachent ce qu'ils avaient à faire. C'était la seule manière de garantir que les voiles restent en bon état, que le pont soit toujours propre ou que les stocks de vivres et de munitions soient toujours suffisants... enfin, à peu près.

Très superstitieux, il lui révéla aussi tous ses secrets pour éloigner le mauvais sort. Flibuste apprit ainsi qu'il ne fallait jamais siffler sur un bateau (interdiction valable pour tous, sauf le cuisinier, qui, au moins tant qu'il sifflait, ne pouvait pas s'empiffrer) ou qu'il était d'usage de jeter une pièce par-dessus bord avant d'appareiller pour une nouvelle expédition.

Il lui montra comment repérer, d'un seul coup d'œil, les bateaux à attaquer et les meilleures combines pour les surprendre.

Enfin, il lui répéta qu'il fallait toujours, toujours descendre dans les cales des bateaux pour vérifier s'il n'y avait pas d'esclaves à libérer. Car tout pirate qu'il était, s'il y avait une chose qui lui donnait de l'urticaire, c'était bien ces gros capitaines bedonnants qui emmenaient des esclaves vers le Nouveau Monde. Avec ceux-là, Archibald n'avait aucune pitié : il dévalisait tant et si bien le bateau que l'infortuné capitaine n'avait plus qu'à repartir d'où il venait, nu comme un ver et sans autre compagnie que les rats de son navire… ainsi que tous ceux du bateau d'Archibald, toujours prêt à faire plaisir en laissant un petit souvenir de son passage !

Ainsi, en dix-huit ans, Flibuste avait tant appris qu'il aurait pu devenir le plus grand pirate de tous les temps.

Le problème, c'est qu'il n'en avait pas du tout envie.

3. Les désillusions d'Archibald

En fait, au fond de lui, Archibald avait rapidement eu des doutes sur la capacité et le désir de son fils à devenir un grand pirate. À devenir un pirate tout court, d'ailleurs.

Déjà, par le plus grand des mystères, alors que ses seize sœurs avaient de lourds cheveux noirs et le teint bruni par le soleil, Flibuste, lui, avait hérité de soyeuses boucles blondes et de la peau blanche et délicate d'un prince. Sa tenue était toujours soignée et il devait bien être le seul pirate du monde entier à ne pas avoir de dents cariées.

Il fallait bien se rendre à l'évidence : même avec un bandeau sur l'œil, des anneaux aux oreilles et un perroquet malpoli sur l'épaule, Flibuste ressemblait à tout… sauf à un pirate.

Certes, il avait été un très bon élève et s'était montré assidu aux leçons de son père. Enfin, seulement dans certaines matières. Ainsi, s'il avait développé un don incroyable pour la navigation, il était archinul en piraterie.

Par exemple, il lui fallait des heures pour forcer le moindre petit coffre, là où le plus godiche des apprentis pirates aurait mis quelques secondes. Il était très doué pour tirer au canon, mais seulement à l'entraînement. Dès qu'il s'agissait de viser de vrais bateaux, il devenait aussi adroit qu'un manchot : on aurait presque cru qu'il faisait exprès de rater ses cibles. Il en allait de même pour le maniement du sabre ou du mousquet : à chaque fois qu'il fallait se battre en vrai contre l'équipage d'un bateau, Flibuste perdait toute espèce de talent.

Et surtout, il était évident qu'il ne prenait aucun plaisir à piller les navires. Archibald ne comprenait pas : comment ne pas frissonner d'excitation dans l'espoir de découvrir une cargaison de tabac à fumer, une caisse de pièces d'or ou un délicieux gibier bien vivant ? Ou même mort, d'ailleurs, c'était déjà pas mal !

C'est vrai, à la fin : qu'est-ce que c'était que ce gamin qui ne se rendait même pas compte qu'avoir la chance de naître chez les pirates, c'était la garantie de vivre Noël tous les jours ?

À dire vrai, Archibald était au supplice. Lui qui avait si souvent imaginé son nom auréolé de gloire, cité en référence par les pirates du monde entier comme le père du plus grand pirate de tous les temps, voyait ses rêves de grandeur s'éloigner petit à petit.

Pourtant, Archibald n'était pas prêt à s'avouer vaincu. Aussi, il redoublait d'inventivité et d'ingéniosité pour faire en sorte que l'instinct de pirate de son garçon se réveille enfin.

Sur les bateaux qu'il attaquait, il s'arrangeait toujours pour que ce soit Flibuste qui découvre et ouvre les meilleurs coffres. À plusieurs reprises, il s'était même débrouillé pour que l'un de ses hommes cache, sur le bateau mis à sac, une caisse d'oranges ou des livres de navigation, deux choses que Flibuste considérait comme de véritables trésors.

Il avait aussi tenté d'amadouer son fils en lui parlant des richesses qu'il pourrait amasser, des splendides demoiselles qu'il pourrait rencontrer… En vain. Il n'avait encore jamais vu briller dans les yeux de Flibuste la flamme si particulière qui anime le regard des pirates.

Bref, plus Flibuste grandissait et plus Archibald s'inquiétait pour le devenir de son fils. En plus, il commençait vraiment à être à court d'idées.

Mais Archibald n'eut pas besoin de continuer à se creuser les méninges pour échafauder d'autres plans. Car Flibuste était sur le point de prendre une décision qui allait tout changer.

4. L'annonce de Flibuste

Ce matin-là, Archibald s'était confortablement installé dans la cabine-bibliothèque du navire, un endroit dans lequel il s'enfermait toujours quand il disait vouloir traiter de questions importantes.

Assis dans un grand fauteuil de bois admirablement sculpté (un des tout premiers butins de sa carrière de pirate), Archibald était donc intensément occupé… à dévorer les toutes dernières saucisses de Francfort du stock de provisions.

Tout en savourant ce délicieux casse-croûte, il se disait qu'il fallait absolument trouver le moyen de croiser de nouveaux bateaux allemands parce que vraiment, il n'avait pas du tout envie de manger quoi que ce soit d'autre pour son petit-déjeuner. Il avait des haut-le-cœur rien que de penser aux affreux biscuits aux algues fabriqués par le cuisinier.

– Nourrissants, c'est sûr qu'ils sont nourrissants, ces bidules tous secs ! Enfin, si on arrive d'abord à les avaler… sans mourir étouffé !

S'essuyant la bouche d'un revers de la manche, Archibald se servit une bonne rasade de rhum pour ponctuer cette intense réflexion.

Il avait à peine vidé le contenu de sa timbale argentée qu'il entendit trois grands coups retentir à la porte.

– Nom d'un tir de canon ! J'avais pourtant demandé qu'on vienne pas m'déranger ! Même pas moyen de manger son p'tit-déjeuner tranquille, sur ce rafiot ?

Archibald bougonna à l'attention de la porte :

– C'est pour quoi !? Parce qu'y'a personne, ici !

De l'autre côté, la voix à la fois cristalline et assurée de Flibuste lui répondit :

– C'est moi, père ! Est-ce que je peux vous parler ?

En entendant son fils, Archibald se calma sur-le-champ et se leva illico pour aller ouvrir à son visiteur :

– Entre, cher fiston !

Le père et le fils s'installèrent autour de la table. Archibald reprit son activité là où il l'avait laissée (c'est-à-dire à mi-saucisse) et s'adressa à son fils en souriant de toutes les dents qui lui restaient :

– Alors, mon gaillard ! Qu'est-ce qui t'amène ?

Puis, après un petit temps de réflexion, il s'assombrit en retirant vivement le plat de saucisses :

– Ah, non ! Me dis pas que tu viens me soutirer de la saucisse de Francfort ! Pas la peine, les dernières sont pour moi ! T'es prévenu !

Flibuste hocha la tête en levant les yeux au ciel :

– Mais non, père, je ne viens pas pour vos saucisses, rassurez-vous, vous pouvez manger tranquille ! Je suis venu vous voir car j'ai une annonce très importante à vous faire.

Le cœur d'Archibald fit un triple bond dans sa poitrine. Ça y était enfin ! Flibuste avait compris quel était son destin ! À tous les coups, il allait lui dire qu'il était prêt à reprendre le bateau, qu'il avait des tas de projets qui feraient de lui un pirate plus connu que Rackham le Rouge en personne !

Archibald se demandait par quel miracle cela était arrivé. Flibuste avait-il eu une révélation pendant la nuit ? La visite du fantôme d'un des ancêtres de la famille ? Non, c'était sûrement grâce à ses efforts, à lui : c'est vrai, après tout, il se trouvait sacrément doué, comme professeur ! D'ailleurs, il serait bientôt connu et respecté dans le monde entier, lui, le père du plus grand pirate que les mers aient porté !

Archibald mâchonnait son morceau de saucisse en essayant de rester calme mais à l'intérieur de lui, il bouillait d'excitation. Il fallait qu'il se prépare, qu'il se dégotte un nouveau costume, un nouveau chapeau, de nouvelles bottes ! Devait-il se laisser pousser la barbe ? Avait-il assez de cicatrices ?

Archibald mourait d'envie de serrer son fiston dans ses bras en lui donnant de bonnes grandes tapes de pirate dans le dos.

Mais il fallait d'abord écouter Flibuste. Avec sa nouvelle condition de père du plus grand pirate de tous les temps, il se devait de rester digne en toutes circonstances.

– Je t'écoute de toutes mes oreilles et même plus si c'est possible, fiston !

Flibuste se racla la gorge avant de commencer.

– D'abord, laissez-moi vous remercier pour tout ce que vous m'avez appris. Grâce à vous, la navigation n'a plus aucun secret pour moi et je me sens prêt à affronter les tempêtes du monde entier !

Sabre de bois ! Ça commence rudement bien, cette affaire ! Ah, quel moment délicieux ! pensa Archibald en s'extasiant sur l'accord parfait entre les paroles de son fils et son délectable petit-déjeuner. Il frémissait d'impatience, de la pointe de ses moustaches jusqu'au bout de ses chaussettes trouées.

Flibuste continua :

– Ensuite, comme vous le savez, je vais avoir dix-huit ans dans quelques jours.

Archibald s'attendrit sur cette dernière parole. Que le temps passait vite ! Il repensait avec nostalgie au tout premier tir de mousquet de Flibuste, pour ses six ans. Bon, c'est sûr, il avait eu des sueurs froides en entendant la balle siffler à ses oreilles (heureusement, elle lui avait juste troué le chapeau), mais qu'importe ! Il avait l'impression que c'était hier.

– Aussi, je me suis dit qu'il était temps que je prenne une décision concernant mon avenir. Père, j'ai bien réfléchi.

Ça y était : le moment tant attendu arrivait. Archibald inspira très fort…

– Je veux devenir marin.

… et manqua tout juste de s'étrangler. Flibuste lui tapa dans le dos en continuant, plus déterminé que jamais :

– Je veux devenir le plus grand explorateur de tous les temps ! Je veux découvrir des terres inexplorées, naviguer sur toutes les mers, tous les océans ! Je veux que mon nom soit connu dans le monde entier ! Je veux composer le meilleur équipage de tous les navires, que des marins passionnés rêvent de s'engager sous mon commandement !

Sur l'épaule de son maître, le perroquet de Flibuste confirmait en battant des ailes :

– Le plus grand explorateur, mille sabords, le plus grand !

Quand sa quinte de toux cessa, Archibald bondit sur sa (fausse) jambe de bois.

– Nom d'une écrevisse de rempart, mais tu délires, fiston ! Tu hallucines, tu dérailles ! Tu, tu… t'es malade, c'est ça !? T'as pris un coup de soleil sur la cafetière ? Non, je sais ! T'as mangé du rat ! C'est ça, hein ?! Je t'avais bien dit qu'il fallait pas !

Flibuste fit non de la tête :

– Mais non, cher père ! Je suis en pleine forme et tout à fait sain !

– Sain, sain ? Cinglé, tu veux dire, oui ! Je t'interdis de devenir marin, c'est bien compris ?

Et Archibald se laissa tomber sur son fauteuil, plus blanc que l'écume.

– C'est vrai, tu ne peux pas me faire ça ! À moi, ton pauvre père ! Moi qui ai sué sang et eau pour tout t'apprendre ! Toi, mon fils, marin !? Et pourquoi pas marin d'eau douce, tiens ! Qu'est-ce qu'on va dire de moi, mille milliards de jambes de bois ? Regarde, je suis en train de mourir de honte et de chagrin !

Joignant le geste à la parole, Archibald se mit à râler comme s'il était à l'article de la mort.

– Père, arrêtez votre comédie ! Vous êtes super mauvais, en plus. Allez, ça suffit. Et puis, pourquoi réagissez-vous comme ça ?

Archibald, qui n'agonisait soudain plus du tout, se releva comme si une guêpe lui avait piqué les fesses :

– Parce que ! Un fils de pirate, ça peut pas être marin, c'est comme ça ! C'est… c'est contre nature ! C'est comme… un lionceau qui se ferait végétarien ! Un vampire qui se mettrait à la tisane verveine-citron ! Et puis, tiens, t'en connais un, toi, de fils de pirate, qu'est pas devenu pirate à son tour ?

Flibuste réfléchit quelques instants avant de secouer la tête, agacé :

– Eh bien, non. Mais qu'est ce que cela peut bien changer ? Et puis, il faut un début à tout ! Père, je suis désolé de vous faire de la peine, mais ma décision est prise : je ne serai JAMAIS pirate !

Archibald se servit un second verre de rhum à ras bord qu'il avala cul sec.

– Mais pourquoi, Flibuste, pourquoi ?

– Je n'ai jamais, jamais aimé piller les bateaux, détrousser des capitaines, détruire des navires… Ça ne me ressemble pas, c'est tout ! Ce que je veux, moi, c'est explorer le monde entier, découvrir de nouvelles contrées en toute… honnêteté !

En entendant ce mot qu'il n'avait certainement jamais dû prononcer de toute sa vie, Archibald recracha son troisième verre de rhum.

– Honnêteté ? Pouah !

Puis se prit la tête dans les mains en gémissant :

– Mon fils est complètement siphonné !

Père et fils se disputèrent ainsi pendant la journée entière, mais rien n'y fit. Flibuste avait pris sa décision et désormais, rien ne le ferait changer d'avis.

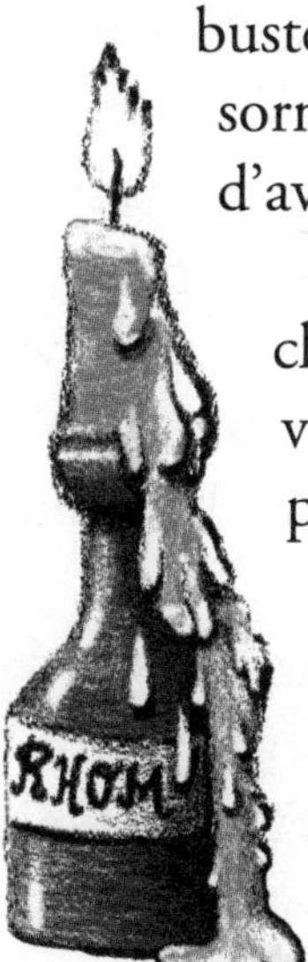

Le départ fut fixé à la prochaine escale à terre, qui devait intervenir quatre jours plus tard.

L'ambiance sur le bateau était sinistre : ces quelques journées parurent durer des mois. Archibald était d'une humeur massacrante et pestait contre tout et tout le monde, les hommes, le temps, le vent, les rats et le chat, les repas du cuisinier… Il n'adressait plus la parole à son fils, même s'il était obligé de faire des détours et des zigzags ridicules pour ne pas le croiser sur le navire.

Adelphane, la mère de Flibuste, avait pris la nouvelle avec tristesse, mais son instinct de mère était plus fort que tout. La veille du départ de son fils, en cachette de son époux, elle vint trouver Flibuste et lui remit une bourse pleine d'or et de pierres précieuses.

– Tiens, Flibuste, voici pour toi. J'aurais aimé t'en donner plus, mais tu connais ton père, il est tellement rapiat… Et vu ce qui s'est passé entre vous, il vaut mieux qu'il ne se rende compte de rien ! En tout cas, j'espère que cela t'aidera.

Flibuste serra sa mère contre lui en la remerciant.

Le lendemain, dès l'aube, Flibuste était sur le pont du bateau, prêt à commencer une nouvelle vie. Quand il firent escale, Flibuste embrassa sa mère et ses sœurs qui lui souhaitèrent bonne chance, quoi qu'il fasse.

Archibald, lui, resta à bouder dans la cale du bateau, maudissant le sort et ce fils ingrat qui le déshonorait sans le moindre remord. D'ailleurs, c'est bien simple, à partir de maintenant, il allait oublier qu'il avait eu un fils. Et gare à quiconque oserait désormais prononcer son nom : il ne voulait plus jamais entendre parler de cet anchois de Flibuste ! Son aînée Aizegul reprendrait l'affaire, elle était très douée et après tout, il n'y avait rien qui interdisait à une femme de devenir le plus grand pirate du monde entier, non ?

5. Flibuste vole de ses propres ailes

Le temps passa, et avec lui, la colère d'Archibald. Bien sûr, malgré ce qu'il voulait laisser croire, il n'avait pas oublié son fils, même s'il avait interdit tout ce qui pouvait le lui rappeler, comme par exemple les courses de cafards auxquelles ils avaient si souvent joué... Archibald n'avait d'ailleurs jamais réussi à gagner, même en trichant tant qu'il pouvait. En tous cas, cinq ans après son départ, il ne comprenait toujours pas ce qui était passé par la tête de son fils.

De son côté, sans jamais révéler ses origines à qui que ce soit, Flibuste avait parcouru beaucoup de chemin. Sous le nom de Jack (on ne peut décidément pas devenir marin quand on s'appelle Flibuste), il s'était fait engager sur le bateau d'un grand capitaine français. Ses talents extraordinaires l'ayant vite distingué du reste des troupes, on lui avait rapidement confié le commandement d'un premier navire de commerce, puis d'un second, plus important, puis d'un troisième, encore plus important… À la tête d'un équipage de plus de cent hommes, il avait navigué sur les mers du monde entier, traversant les tempêtes et déjouant les pièges des pirates les plus redoutés.

Personne ne savait d'où ce jeune capitaine aux cheveux d'or tirait une telle connaissance de la piraterie mais tous s'accordaient sur un point : ce Jack était décidément un sacré navigateur. Sa renommée était telle qu'elle vint aux oreilles du roi de France, qui décida de nommer Flibuste *Grand explorateur de sa majesté.*

Ainsi, en moins de cinq ans, Flibuste avait réalisé son rêve : à la tête d'un immense navire, il sillonnait les mers à la recherche de territoires inexplorés.

Respectueux de la mer et respecté de ses hommes, son nom fit rapidement le tour de la terre et les meilleurs équipiers du monde se battaient pour embarquer à ses côtés. Malgré le temps qui passait, Flibuste gardait l'espoir secret que son entêté de père lui avait pardonné. À de nombreuses reprises, il avait cru reconnaître au loin le bateau sur lequel il avait passé les dix-huit premières années de sa vie et à chaque fois, son cœur s'était emballé... Pas par peur de se faire dépouiller, mais par frousse de se retrouver face à face avec son père. Que se serait-il passé ? Il n'en avait aucune idée.

Et puis, un matin, alors qu'il faisait route vers le nord, Flibuste fut réveillé en sursaut par un de ses matelots.

– Capitaine Jack, capitaine Jack ! Réveillez-vous, nous avons un problème... enfin, deux !

Flibuste sauta dans ses bottes et rejoignit ses hommes sur le pont pour découvrir de quoi il retournait. Au loin, on pouvait apercevoir deux bateaux sombres… qui arboraient chacun un pavillon noir menaçant.

Tous les hommes avaient les yeux rivés sur les deux navires pirates. Ils avaient déjà eu à se battre contre un vaisseau, mais jamais contre deux à la fois ! Les commentaires inquiets fusaient de tous côtés :

– On n'est pas assez nombreux !

– On va se faire étriper par cette bande de fous furieux !

– Même si on fait demi-tour maintenant, c'est trop tard ! Ils nous ont sûrement déjà repérés et attendent le bon moment pour venir nous plumer comme de vulgaires poulets !

Flibuste ordonna à ses hommes de se calmer et, attrapant sa longue-vue, il décida de grimper tout en haut du mât pour avoir un meilleur aperçu de la situation.

En fait, les deux bateaux se trouvaient face à face, immobilisés à quelques

encablures l'un de l'autre. Sur les ponts déserts, rien ne bougeait, à part les drapeaux noirs qui claquaient au vent. Pour Flibuste, cette situation n'était pas du tout normale. Tout cela était plus qu'inquiétant : pourquoi diable les bateaux étaient-ils arrêtés ? Avaient-ils mis au point un nouveau type de tactique ? Estimant la distance qui les séparait des navires ennemis, Flibuste décida de faire demi-tour, tout en demandant à ses hommes de se tenir prêts à se battre. En effet, si les pirates avaient décidé de prendre son bateau pour cible, ils finiraient à coup sûr par le rattraper, car leurs navires, plus fins, étaient bien plus rapides que le sien.

Flibuste allait commencer à redescendre du mât quand un tir de canon brisa le silence.

Flibuste s'arrêta tout net, surpris. Il n'y comprenait plus rien. Soit ces pirates étaient complètement nuls, soient ils étaient fous : à une telle distance, même avec un canon super puissant, ils n'avaient absolument aucune chance d'atteindre son bateau !

En plus de cela, le boulet de canon n'avait pas du tout été tiré dans sa direction. Flibuste fronça les sourcils et ajusta sa longue-vue, attendant la suite des événements. Une idée lui traversa l'esprit : et si les bateaux pirates n'avaient pas l'intention de l'attaquer, lui… mais s'apprêtaient à se livrer bataille, entre eux ?

6. Au coeur de la bataille

Flibuste n'eut pas à attendre longtemps pour que cette hypothèse lui soit confirmée : un autre tir de canon éclata, traversa la voile du plus petit des deux vaisseaux pirates, avant de retomber dans l'eau.

C'est à ce moment-là que l'assaut fut donné. Comme sortis de nulle part, des dizaines et des dizaines de pirates apparurent sur le pont de leurs bateaux, armés jusqu'aux dents et visiblement prêts à en découdre.

Le petit vaisseau se mit en marche et en quelques instants, les deux navires furent presque bord à bord. Des cordes furent lancées depuis le petit vaisseau et quelques pirates commencèrent bientôt à grimper le long de celles-ci afin d'accoster du côté adverse.

Soulagé, Flibuste cria à ses hommes de ne pas s'inquiéter… et reprit son observation. Il était à présent certain que son équipage ne risquait rien, les pirates étaient bien trop occupés à s'étriper entre eux. Il s'agissait certainement d'un règlement de comptes. Classique, dans ce milieu. Son père, par exemple, avait des histoires avec une bonne demi-douzaine de pirates : avec Etienne le Borgne qui lui avait vendu une carte au trésor bidon, avec William Sans Peur qui lui avait refilé du rhum coupé d'eau… sans parler de tous ceux qui l'avaient traité d'incapable quand il n'avait pas encore de garçon.

En tout cas, la scène était fascinante. Les épées, les tirs de mousquets et les bâtons de bois sifflaient dans les airs, détruisant un tonneau par-ci, déchirant une voile par-là. Quelques pirates étaient tombés à l'eau et on en apercevait d'autres se battre à travers les hublots des cabines. Un autre était même en train de grimper sur le mât, une épée entre les dents, s'apprêtant probablement à sauter sur un pirate du camp adverse. Flibuste ajusta sa longue-vue pour être sûr de ne rien rater de la manœuvre… et son sang se glaça. Ces lourds cheveux noirs, ce visage sous ce grand chapeau… aucun doute ! Ce n'était pas n'importe quel pirate qui était en train de grimper sur le mât. C'était sa sœur, Aizegul ! Le cœur battant, Flibuste parcourut le reste du vaisseau en s'attardant, cette fois, sur les visages. Il reconnut bientôt les pirates avec lesquels il avait grandi.

Comment se faisait-il qu'il n'eût pas reconnu le bateau familial ? L'examinant plus attentivement, Flibuste comprit. Le bateau avait été repeint ! Alors qu'il essayait de déchiffrer le nom que l'on avait donné à ce presque nouveau navire, il aperçut son père… et son cœur s'emballa. Celui-ci était en train de se battre en duel avec le capitaine du camp opposé. Flibuste ne pouvait pas détacher ses yeux

de la scène, grimaçant involontairement quand Archibald prenait un coup, se réjouissant quand il semblait reprendre l'avantage sur son adversaire.

Soudain, grâce à une manœuvre habile de son rival, Archibald perdit son épée et se retrouva désarmé. Les événements prirent alors une toute autre tournure.

À partir de cet instant, en effet, tout s'enchaîna très vite. En quelques minutes, Archibald se retrouva ligoté sur la proue du vaisseau, tandis que ses hommes, désormais livrés à eux-mêmes, essayaient tant bien que mal de résister à l'ennemi. Le problème, c'est qu'ils étaient bien moins nombreux que leurs adversaires ! Aizegul se démenait autant qu'elle pouvait, mais cela ne suffisait pas : les événements tournaient clairement en défaveur du camp d'Archibald.

À toute allure, Flibuste descendit de son poste d'observation et courut à la barre.

Il n'avait pas eu besoin de réfléchir pour savoir ce qu'il avait à faire.

– Hissez la grand-voile ! Cap sur les bateaux ! En avant !

Les marins de Flibuste se retournèrent comme un seul homme. Quoi ? Que l'on rejoigne ce nid de pirates armés jusqu'aux dents ? C'était du suicide !

– Mais, capitaine Jack…

– Faites-moi confiance ! Je sais ce que je fais !

Un murmure d'inquiétude et d'incompréhension parcourut les troupes. Puis, après quelques secondes, un matelot suivit Flibuste… Il fut bientôt rejoint par un second, puis un troisième… En quelques minutes, tout le monde était à son poste. Depuis le temps qu'ils naviguaient sous son commandement, leur capitaine n'avait jamais, jamais pris une décision à la légère. Pas plus qu'il ne les avait mis en danger inutilement. Non, si Jack avait décidé qu'il fallait y aller, c'est qu'il devait avoir une très bonne raison !

Pendant que son navire filait droit vers la scène de combat, Flibuste distribuait ordres et consignes à ses hommes. L'objectif était simple : neutraliser les pirates du plus gros des deux bateaux et… délivrer les autres. À deux équipages contre un, la situation devrait pouvoir être retournée.

– À L'ABORDAGE ! hurla Flibuste à ses hommes quand son bateau fut assez proche pour accoster sans danger.

Tous se mirent au combat avec courage et ardeur. Les marins que Flibuste avait recrutés étaient tous des hommes valeureux et expérimentés, ce qui sous-entendait aussi qu'ils savaient se battre !

De son côté, Archibald, ligoté à la proue, avait assisté impuissant à la débâcle de ses troupes et au pillage de son propre navire. Mais quand il aperçut ce bateau filant droit vers eux et lorsqu'il y reconnut son fils, il crut qu'il était en train de délirer. Son fils unique, son Flibuste qu'il n'avait pas vu depuis toutes ces années venait à son secours, à la tête d'un immense bateau et d'un fantastique équipage de marins en uniforme !

De son emplacement privilégié, Archibald assista alors à la plus fameuse bataille de toute sa carrière de pirate. Et il devait se rendre à l'évidence : tout ce qu'il avait entendu au sujet de son fils était vrai.

Quel grand capitaine il était devenu ! Et quel sacré combattant il faisait ! Archibald était totalement captivé par le spectacle qui se déroulait sous ses yeux :

– Ouais ! Vas-y fiston, colle-lui une droite ! Coupe-lui sa jambe de bois ! Mets-lui un coup de crochet !

Bien sûr, Flibuste n'avait pas de crochet, mais qu'à cela ne tienne, Archibald était excité comme une puce et encourageait son fils tant qu'il pouvait.

La bataille dura toute une journée. Flibuste mena le combat avec talent : au coucher du soleil, grâce au courage et à la vigueur de ses hommes, il avait retourné la situation à son avantage et les pirates ennemis avaient tous été faits prisonniers. Le combat était terminé.

Exténués, les hommes de Flibuste et d'Archibald, qui avaient eu le temps de sympathiser, partageaient un tonneau de rhum en surveillant les prisonniers, pendant que Flibuste, dans la cale, recherchait ses sœurs et sa mère. Ce n'est que lorsqu'il les trouva, bien cachées derrière des tonneaux de poudre, qu'il se détendit enfin, soulagé. Quant à elles, après quelques secondes de surprise… elles se jetèrent sur lui ! À terre, Flibuste riait, à moitié étouffé par la joie et la gratitude de ses sœurs.

Quand il remonta sur le pont, entouré de ses sœurs et d'Adelphane, Flibuste se dirigea vers l'avant du bateau, le cœur battant. Il lui restait une dernière chose à accomplir...

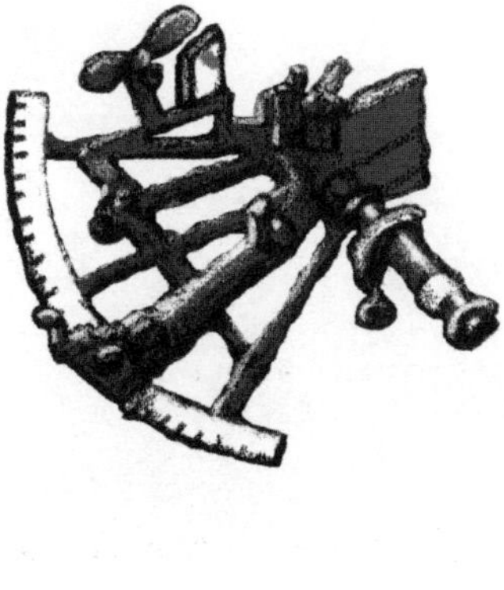

A+A=

7. Quand père et fils se retrouvent...

Quand les cordes d'Archibald furent enfin dénouées, père et fils se retrouvèrent face à face. Sans savoir que faire, ils restèrent campés là quelques secondes, n'osant pas se regarder dans les yeux.

Au fond de lui, à sa grande surprise, Archibald était vraiment heureux de voir son fils. Mais ce n'est pas pour autant qu'il était prêt à lui sauter au cou ! Après tout, il était pirate et les pirates, ça ne pactise pas avec les marins. Quant à Flibuste, s'il était loin d'être aussi têtu que son père, il avait quand même sa fierté. Il ne demandait pas mieux que de se réconcilier avec Archibald... mais n'était pas sûr de vouloir faire le premier pas.

À l'autre bout du pont, Adelphane observait la scène en compagnie de ses filles.

– Mais regardez-moi ces deux têtes de mules ! Pas un pour rattraper l'autre, je vous jure !

– Ne pourrait-on pas faire quelque chose, maman ?

– Tu as raison, on ne peut décidément pas les laisser comme ça. Ces deux-là sont tellement bêtes qu'ils sont bien capables de se quitter sans même essayer de se reparler !

À la recherche d'un stratagème, Adelphane se concentra quelques instants. Soudain, elle s'écria :

– Les filles ! Ça y est, j'ai une idée ! Est-ce que l'une d'entre vous peut discrètement aller récupérer la bague de votre père ?

– Son rubis porte-bonheur ? demanda Aizegul, surprise. Comment voulez-vous que l'on fasse, maman, il est tellement superstitieux qu'il ne s'en sépare quasiment jamais !

Les yeux d'Adelphane se mirent à briller.

– Eh bien aujourd'hui, je crois que la chance est avec nous ! Figurez-vous que ce matin, quand on a repéré le bateau d'Etienne le Borgne, votre père était en train de prendre son bain semestriel. Il avait tout enlevé, même sa bague. Ensuite, dans l'urgence, il a oublié de la remettre. À l'heure qu'il est, elle doit encore être sur la petite table, dans la cabine de toilette !

Quand Aizegul revint avec le précieux bijou, Adelphane cacha la bague dans sa poche et lança un clin d'œil complice à ses filles. Puis, d'un pas décidé, elle fila rejoindre son mari et son fils. Elle se planta devant eux, les poings sur les hanches.

– Flibuste, tu me déçois ! Est-ce comme cela que je t'ai élevé ? Un capitaine comme toi, célèbre et admiré, qui n'est même pas fichu d'embrasser son père ?

Flibuste fronça les sourcils et se mordit la lèvre inférieure. Les bras croisés, Archibald grommela quelque chose d'incompréhensible.

– Oh, Archi, ça va ! C'est toi le plus cabochard des deux ! Ton fils nous a sauvé la vie, je te signale ! Je pense que cela lui donne droit à une nouvelle chance ! C'est bien la moindre des choses, non ?

Ne les voyant pas bouger d'un millimètre, Adelphane soupira… avant de les attraper chacun par une épaule :

– Écoutez-moi bien, vous deux. Puisque c'est comme ça, eh bien moi aussi, je vais faire ma tête de mule ! C'est décidé : je ne parlerai plus ni à l'un, ni à l'autre, tant que vous n'aurez pas au moins essayé de vous réconcilier !

Puis elle prit une mine innocente en regardant son mari :

– Ce qui est particulièrement dommage pour toi, Archi, car j'allais juste te dire où était ton rubis !

Paniqué, Archibald regarda sa main.

– Nom d'une enclume en carton ! Ma bague ! Où est ma bague ? Adelphane !

Son regard se fit soudain suppliant.

– Sans mon rubis, j'suis perdu, moi ! Il me protège du mauvais sort, de la noyade, de… de... tout !

Archibald devint tout à coup blanc comme un linge :

– Tiens ! C'est pour ça que la bataille a mal tourné et que cette vermine, que ce gredin d'Etienne le Borgne a pu me faire prisonnier ! Je n'avais pas ma bague ! Adelphane, donne-la moi, tout de suite !

Adelphane haussa les épaules, l'air faussement embêté. Son regard semblait dire : "Désolée ! Je ne peux rien pour toi, puisque je ne te parle plus !"

Archibald soupira profondément. Il connaissait très bien sa femme et il savait qu'elle ne céderait pas. Et finalement, c'était peut-être mieux ainsi.

Il se tourna vers Flibuste :

– Après tout, ta mère a raison. Tu m'as sauvé la vie, Flibuste.

Il lui tendit la main :

– Zou ! Serre-moi la main, pirate !

Reconnaissant bien là son père, Flibuste éclata de rire et prit la main tendue. La glace était brisée.

– Allez, maman, rendez-lui son rubis !

Adelphane fouilla dans sa poche et lança la bague à son mari :

– Ce qu'il ne faut pas faire, quand même…

Pendant les heures qui suivirent, on ne revit pas Flibuste et Archibald. Enfermés dans la cabine-bibliothèque, ils parlèrent toute la nuit, même si nul ne sait ce qu'ils purent bien se dire.

Au petit matin, quand ils remontèrent sur le pont, ils ne pipèrent mot, mais tout le monde put constater à quel point leurs visages paraissaient sereins et détendus.

Les adieux furent profonds et sincères. Flibuste embrassa longuement sa mère et ses sœurs, et les deux équipages se saluèrent avec respect.

Flibuste et Archibald commencèrent par se serrer la main, mais Archibald ne put résister à l'envie de donner une bonne grosse tape de pirate dans le dos de son fils. Flibuste parut hésiter une fraction de seconde, puis embrassa franchement son père.

Archibald et Adelphane restèrent longtemps à regarder le bateau de leur fils s'éloigner. Quand il fut aussi petit qu'un point, à l'horizon, Archibald murmura :

– Quand même, quel gâchis ! Quel fabuleux pirate il aurait pu faire, ce gamin !

Adelphane fronça les sourcils en soupirant :

– Oh, marin ou pirate, l'important c'est qu'il soit heureux, non ?

Regardant l'horizon, Archibald sourit de toutes ses dents :

– Et qu'il soit le plus grand de tous les temps !

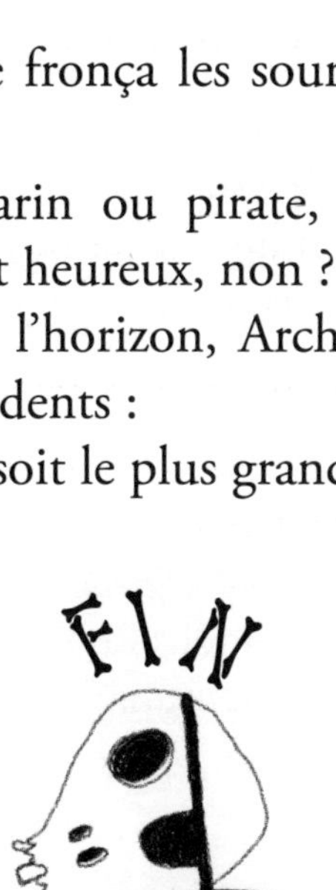

L'auteur

Quand elle habitait de l'autre côté de la planète, du côté des hibiscus de Polynésie, **Annelise Heurtier** s'est rendu compte qu'en plus de lire, elle pouvait écrire. C'est depuis cette période ensoleillée qu'elle met en scène et en texte toutes les histoires qui lui passent par la tête.

Aujourd'hui, Annelise travaille et vit dans l'Est de la France. Et même si elle a troqué son maillot de bain contre un gros manteau, une chose n'a pas changé : son envie d'écrire et de jouer avec les mots.

L'illustrateur

Papa poule et néo-rural périgourdin, **Stéphane Nicolet** partage son temps de travail entre sa cuisinière, son ordinateur et sa planche à dessin. Autodidacte, il n'en est pourtant plus à son coup d'essai chez Rouge Safran. Il se débrouille aussi pas mal pour le confit de canard aux figues...

Stéphane a illustré *Lisa et le bobo sucré, J'ai effacé la maîtresse, L'amphore à la mer, Aix et Terreur, Les traces sauvages de l'Estelas* et *Ce matin-là, au Guatemala...* aux éditions Rouge Safran.

Retrouvez-le sur *www.atelierstephanenicolet.com* et sur *www.afondecale.com*

DÉJÀ PARUS DANS LA COLLECTION CANNELL

1. **Le secret de Papy Frioul**
Jean-Luc LUCIANI
Olivier BLAZY

2. **Lisa et le bobo sucré**
Karine MARCHAND
Stéphane NICOLET

3. **J'ai effacé la maîtresse**
Sophie RIGAL
Stéphane NICOLET

4. **Effroyable cantine**
Marie MÉLISOU
Gali FOURCHON

5. **Un bruit qui court**
Jean-Luc LUCIANI
Eric STOFFEL

6. **Le mystère du pointu**
Michéa JACOBI
Robert SCOFFONI

7. **L'amphore à la mer**
Anne-Marie ABITAN
Stéphane NICOLET

8. **J'ai fait mousser... la fontaine moussue !**
Sophie RIGAL
François FOYARD

9. **Le retour de Papy Frioul**
Jean-Luc LUCIANI
Mathilde DOMECQ

10. **Tu seras pirate, mon fils !**
Annelise HEURTIER
Stéphane NICOLET

TU SERAS PIRATE, MON FILS !
a été achevé d'imprimer sur les presses de
Grapho 12
(Villefranche-de-Rouergue - France)
en janvier 2009
ISBN 978-2-913647-64-0
Dépôt légal à parution